L'arbre qui parle

de Do Spillers
illustré par François Roudot

CHAPITRE 1

Loin, très loin..., là-bas au cœur de la savane, vivait un arbre plus grand et plus vieux qu'aucun autre arbre.
Et sous son écorce d'arbre, il abritait toute la sagesse de l'Afrique.
À ses pieds, parmi les hautes herbes, la lionne guettait l'antilope ou le zèbre écartés du troupeau. Comme il était le seul arbre des environs, les oiseaux le connaissaient bien, qui se perchaient sur ses plus hautes branches. Et les girafes, qui broutaient les feuilles de ses branches moyennes. Et les lions, qui s'étendaient pour leur sieste sur une de ses branches basses...

C'est ainsi que l'arbre avait appris tous les secrets du peuple des oiseaux, et ceux des lions, des girafes, et ceux des zèbres et de bien d'autres encore. Car il écoutait de toutes ses feuilles.

Les hommes eux-mêmes venaient s'asseoir au pied de l'arbre pour la palabre, discutant gravement de sujets graves à l'ombre de ses branches.
Et c'est ainsi que l'arbre en savait plus sur le peuple des hommes que le plus vieux d'entre les vieux et le plus sage d'entre les sages. Car il se taisait et eux parlaient.

Mais l'arbre n'était pas avare de son savoir : aux oreilles attentives il chuchotait, en confidence, la réponse à bien des questions. Aussi, dès que leurs oisillons étaient assez forts pour voler, les hirondelles, les alouettes et les étourneaux avaient pris l'habitude d'y mener leurs petits. À la tombée du soir, l'arbre s'emplissait de piaillements. Bientôt, de trois coups de bec, des parents faisaient taire les plus bavards. Et chacun écoutait le murmure qui montait de la racine la plus profonde à la brindille la plus élevée.
Le lendemain, les jeunes en savaient un peu plus sur l'art de voler en zigzag pour tromper le rapace qui plonge sur sa proie. Et l'aigle ou le milan rentraient bredouilles dans leurs montagnes, se demandant par quel miracle tous les petits oiseaux de ce coin de savane étaient, soudain, devenus si malins !
Et chaque girafon qui repartait en mâchonnant une poignée de feuilles de l'arbre savait un peu mieux comment

éviter la lionne qui chasse. Et chaque lionceau, après sa sieste au pied de l'arbre, mystérieusement, se méfiait un peu plus du rire de l'hyène qui rôde à la recherche d'une proie facile.

Mais les hommes, eux, repartaient, graves et stupides comme ils étaient venus, et leur bavardage ne leur avait rien appris, car ils ne savaient pas écouter.

Ils étaient fiers et arrogants. Ils incendiaient la savane avec leurs feux, et tuaient plus d'animaux qu'il n'en fallait pour se nourrir.

Ils se tuaient même entre eux. Et ils appelaient ça « la guerre ». L'arbre leur parlait, comme à tous, mais les hommes ne l'entendaient pas. À cause d'eux, l'arbre devint triste. Pour la première fois, il se sentit vieux et fatigué. S'il avait pu, il se serait couché pour oublier. Mais, quand on est un arbre, il faut rester debout à se souvenir…
Alors, ses feuilles jaunirent et devinrent sèches, et bientôt il resta nu au milieu de la savane. Les oiseaux désormais dédaignèrent ses branches, et les lions et les girafes aussi, car il ne leur parlait plus.
Et chacun le disait mort.

CHAPITRE 2

Longtemps l'arbre sec resta dressé. Et rien, jamais, ne semblait devoir changer…

Le milan de la montagne était content et les hyènes riaient. La lionne perdit un lionceau, la girafe un girafon, et l'hirondelle trois oisillons qui savaient à peine voler.

Mais, un matin, un petit homme vint, à l'allure décidée. Il avait les yeux d'un enfant et son regard ne reflétait ni le feu ni le sang. Ses mains ne serraient ni arc ni sagaie. C'était un homme pourtant.

Il s'arrêta au pied de l'arbre sec, tendit les bras et, du bout des doigts, toucha le tronc, très doucement, à peine, comme on réveille quelqu'un qui dort. L'écorce frissonna.

Et la voix du petit homme monta le long de l'arbre, tendre comme un très vieux chant. Le petit homme parlait à l'arbre, simplement. Puis il se tut. Et, posant l'oreille à même le tronc, il écouta. Le vent dans les branches sembla former des mots et des phrases.

Et plus l'arbre parlait, plus le visage du petit homme s'éclairait.
Quand l'arbre eut fini, l'homme s'en fut.
À son retour, il portait une hache à l'épaule.
Parvenu près de l'arbre, il leva son visage vers les branches et murmura quelques mots sur le ton d'une excuse. Puis, campé sur ses deux jambes, le manche de sa hache bien en mains, il commença du tranchant à frapper le tronc.
Et le bois résonna sur la savane, jusqu'aux limites du désert et des montagnes.
Chaque oiseau, chaque lion et chaque girafe reconnut la voix du vieil arbre.
Tous, ils accoururent, mais ils ne trouvèrent plus qu'une souche et quelques copeaux répandus sur le sol.

Car le petit homme, aidé de ceux de son village, avait emporté l'arbre jusque chez lui. Et, par peur des hommes, les animaux n'osèrent pas le suivre.

Une fois au village, le petit homme se mit au travail. Il avait une grande idée : pour que la voix de bois du vieux sage parcoure de nouveau la savane, il façonnerait un tam-tam.

Un tam-tam plus sonore et plus grand qu'aucun autre tam-tam. Assez long pour que tous les hommes de la tribu puissent y jouer ensemble.

Comme le petit homme reprenait la hache afin d'élaguer les branches et de dégager le tronc, ceux qui avaient porté l'arbre avec lui arrêtèrent son geste :

– Petit homme, nous t'avons aidé, dirent les hommes forts de leurs grosses voix. Notre travail doit être payé.

– Mais… avec quoi vous paierais-je ? Je ne possède rien, vous le savez bien !

– Allons, allons ! insistèrent les hommes forts, pas d'histoires ! Nous avons porté ton arbre, donne-nous notre part.

– Ce n'est pas possible, protesta le petit homme. Pour ce tam-tam, il faut que le tronc reste entier. Sinon, comment toute la tribu pourrait-elle y jouer ?
Les autres, hélas ! s'obstinaient à réclamer leur part du bois, et l'affaire fut portée devant le Conseil des Anciens.

CHAPITRE 3

C'était une assemblée d'hommes très vieux et très bavards. Toujours prêts à prononcer une sentence ou un jugement, à propos de ce qu'ils connaissaient, comme à propos de ce qu'ils ignoraient. Rien ne leur plaisait comme de se réunir dès qu'on leur demandait leur avis, et même si on ne le leur demandait pas ! Or, le Conseil avait pour habitude de se réunir sous le grand arbre, et les vieillards se trouvèrent tout désemparés… puisque l'arbre était coupé ! Le plus ancien des Anciens, un tout petit vieillard au visage ridé comme un pruneau, agita sa longue pipe au-dessus de sa tête et prit la parole :

– Le Conseil ne peut se réunir, faute d'un lieu convenable.
Et il tira une bouffée de sa pipe.
Les autres membres du Conseil, assis en cercle, approuvèrent de la tête, tirèrent chacun un nuage de fumée de leur pipe et gardèrent le silence.
Les hommes forts, qui voulaient qu'on leur donne leur part de l'arbre, et le petit homme, qui ne voulait pas, n'étaient pas plus avancés.
Le petit homme, qui était impatient de commencer son travail, fit un pas vers le cercle, s'inclina respectueusement devant le plus ancien des Anciens :
– Dites-moi seulement si je puis entamer mon ouvrage, puisque vous êtes réunis.
– Ah, non ! Nous sommes ici, c'est vrai, répondit l'Ancien.

Mais le Conseil n'est pas réuni. Il ne peut donc donner son avis.
Il tira une nouvelle bouffée de sa pipe et se tut.
Les hommes forts, qui étaient impatients d'emporter le bois qui leur revenait, à leur tour s'inclinèrent devant les Anciens, et dirent :
– Dites-nous seulement si nous pouvons prendre notre part.
L'Ancien ne prit même pas la peine de répondre. Il se contenta de tirer un nuage de fumée de sa pipe, et garda le silence.

Mais le plus fort, qui était aussi le plus impatient, fit un pas en avant.

Aussitôt le vieillard lâcha sa pipe et, d'une voix chevrotante, il ajouta précipitamment :

– Le Conseil va se réunir... pour décider où il faudra tenir conseil.

La palabre qui s'ensuivit aurait pu durer jusqu'à la fin des temps, si finalement le Conseil n'avait pas décidé... qu'il déciderait plus tard de cette grave question !

Après quoi les vieillards conseillèrent au petit homme de donner aux hommes forts ce qu'ils demandaient. Puis, ils réclamèrent à leur tour un morceau de l'arbre pour prix de leur sage conseil. Et le petit homme le leur donna, car c'était la coutume de faire un cadeau aux Anciens, en remerciement de leurs avis.

Et chacun s'affaira à scier, refendre et lier. Et le morceau d'arbre ne fut bientôt plus que bûches, rondins et fagots à brûler. Car les hommes allumaient des feux tout autour du village afin d'en tenir éloignés les animaux sauvages. Ils ignoraient que les animaux les craignaient eux-mêmes encore bien davantage que leurs feux.

CHAPITRE 4

Le petit homme, un peu déçu, considéra son tronc tout raccourci, mais se dit qu'après tout il y avait encore là de quoi tailler un beau tambour pour la tribu.

Il se mit donc au travail, plein de courage. La hache, pourtant, ne convenait pas bien à l'écorçage qu'il avait entrepris, et il décida d'aller chez un voisin emprunter une serpe dont la lame recourbée ferait mieux l'affaire. Le voisin faisait la sieste, comme d'habitude, et le petit homme le réveilla pour lui faire sa demande.

– Aââââh ! C'est toi ? fit le voisin en bâillant comme un hippopotame. Qu'est-ce que tu me veux ?

– Pourrais-tu, s'il te plaît, me prêter ta serpe ? demanda le petit homme bien poliment.
– Eh ! répondit le voisin, aussi aimable qu'un crocodile dérangé pendant sa digestion. Tu m'empêches de dormir avec tout ton vacarme... Et tu voudrais, en plus, que je te prête ma serpe ! Et si, justement, j'en avais besoin ?
– Mais... pour une seule journée ! Demain, j'aurai fini !
– Qu'est-ce que tu me donnes en échange ?
– Je ne possède rien, tu le sais bien.
– Ah non ? Et cet arbre, alors ? Il est à toi, n'est-ce pas ?
– Oui, mais... commença le petit homme.
– Eh bien ! donne-m'en un morceau pour alimenter mon feu, et je te prêterai ma serpe.
Ainsi fut fait, car personne d'autre au village ne possédait l'outil qu'il fallait au petit homme.

Un peu déçu, il considéra son tronc encore plus raccourci. Après tout il y avait là assez de bois pour tailler un tam-tam pour la tribu.

Il se remit donc au travail, plein de courage. Et l'écorçage fut bientôt achevé.

Mais, quand il voulut creuser le tronc, le petit homme s'aperçut qu'il lui manquait le ciseau pour le faire.

Le voisin, à coup sûr, en possédait un, mais accepterait-il de le prêter sans réclamer encore un bout de l'arbre ?

Hélas ! personne d'autre au village ne possédait de ciseau à bois. Et il fallut de nouveau

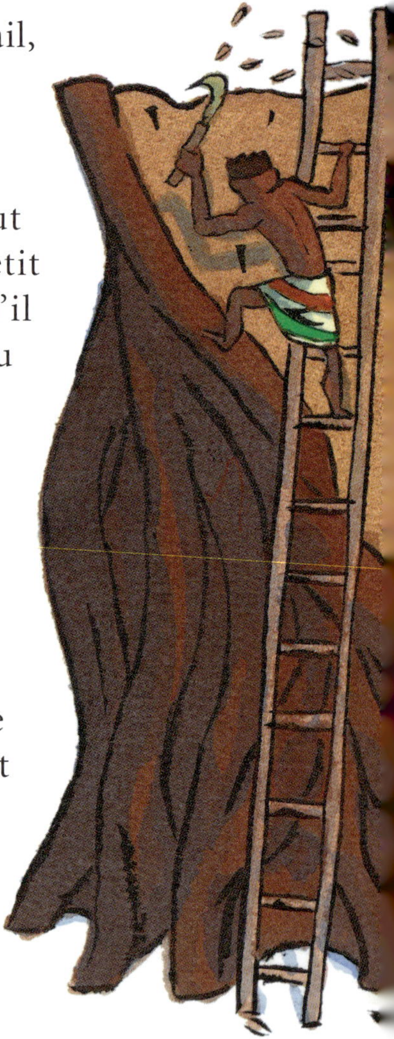

réveiller l'hippopotame, aimable comme un crocodile.

– Encore toi ! bâilla le voisin. Qu'est-ce que tu me veux ?

– Pardonne-moi, fit le petit homme de sa voix bien polie. Je suis venu te rapporter ta serpe… et te demander, en échange, un ciseau à bois, s'il te plaît.

– En échange ? ricana le voisin. Il n'y a pas d'échange, puisque la serpe est à moi. Donne-moi un morceau de ton bois pour alimenter mon feu, et je te prêterai mon ciseau.

CHAPITRE 5

Ainsi fut fait. Et le petit homme, un peu déçu, considéra son tronc tout raccourci. Il y avait encore là de quoi faire un joli tam-tam, plus tout à fait assez grand pour la tribu, mais un joli tam-tam tout de même. Plein de courage, il se remit au travail, et le tronc fut bientôt creusé. Il ne restait plus qu'à le durcir au feu pour qu'il soit plus solide et que sa voix porte loin. Mais le petit homme n'avait pas de feu, et il avait donné déjà tant de bois aux autres qu'il ne lui en restait même plus pour en allumer un.

Le feu du voisin, bien sûr, brûlait un peu plus loin, mais le petit homme n'osa pas le réveiller une troisième fois.

Il s'en fut donc demander aux hommes forts, qui faisaient une grande flambée, la permission de passer son tam-tam à la flamme.

– D'accord, firent-ils, à condition que tu mettes une bûche sur notre feu, comme tout le monde.

– Mais… je n'ai plus de bois, je vous ai tout donné déjà ! répondit le petit homme.

– Ah oui ? Et ça, c'est pas du bois ? dit le plus fort des hommes forts, pointant son gros doigt vers le petit tam-tam.

La mort dans l'âme, le petit homme dut se résoudre à couper un tronçon du tam-tam avant même d'avoir pu entendre sa voix.
Et quand il considéra ce qui restait à présent de l'immense fût que l'arbre lui avait donné, le petit homme fut bien près de s'asseoir pour pleurer, et d'abandonner son beau projet.
Il se ressaisit et se dit qu'après tout, s'il n'y avait plus là de quoi faire un tam-tam, cela suffirait bien pour façonner un grand tambour.

Plein de courage, il se remit donc au travail, et ce qui restait du tam-tam fut bientôt retaillé en « djembé ». (Djembé est le nom qu'on donne en Afrique à cette sorte de tambour.) Mais le petit homme s'aperçut qu'il lui manquait la peau de chèvre à tendre sur son tambour.

Il s'en fut donc à la recherche du troupeau de chèvres. La fille qui gardait les bêtes était jeune encore, presque une enfant, et le petit homme se dit que ce serait plus facile avec elle.

– Bonjour, dit-il à l'enfant.

– Bonjour, répondit la fille. C'est toi qui donnes du bois à tout le monde en échange d'un outil ou d'un peu de feu ?

– Oui, enfin… commença le petit homme.

– Que veux-tu de moi ? interrompit l'enfant.

– Une peau de chèvre, simplement, une de

celles qui traînent là-bas. Mais je n'ai plus de bois à donner.

– C'est dommage, fit la fille. Justement j'aurais eu besoin d'un peu de bois, moi aussi. Pour éloigner les lions de mon troupeau, rien de tel qu'un bon feu, m'ont dit les Anciens.

– Oh ! s'il te plaît, donne-moi une peau. Je vois bien que tu n'en fais rien, supplia le petit homme.

– Au contraire, répliqua l'enfant. Mes peaux, je les échange contre du bois !

Et comme personne d'autre au village n'avait de peaux de chèvre, le petit homme, encore une fois, fut obligé de couper un morceau de son tambour.

CHAPITRE 6

La peau de chèvre était dure et sèche, cassante comme une écorce. Avant de la monter sur le tambour, il fallait d'abord la macérer, la bouillir, l'étirer, la battre afin qu'elle devienne souple et solide comme du cuir.

Il ne restait plus au petit homme qu'à la porter chez le tanneur.

Celui qui tannait toutes les peaux de la tribu habitait seul hors du village, près du fleuve. Car son travail demandait beaucoup d'eau. Et les autres n'auraient pas voulu qu'il s'installe auprès d'eux, à cause de l'odeur épouvantable des peaux qui trempent.

Mais, si loin qu'habite le tanneur, lui aussi avait entendu parler de l'arbre abattu. À son tour, il réclama sa part, pour prix de son travail.

– Mais il n'y a plus d'arbre ! se lamenta le petit homme. Il n'en reste plus qu'un tambour !

– D'accord, conclut le tanneur, je me contenterai d'un bout de ton tambour.

Et le petit homme coupa et donna le bois, et sa peau fut tannée, séchée et prête à monter sur son djembé.

Quand il voulut la tendre, il s'aperçut qu'il lui manquait une corde pour le faire.

Il s'en fut donc voir celui du village qui savait le mieux tresser les cordes. Car la

corde qui tend la peau sur un djembé doit être solide.
Comme les autres, le tresseur de cordes demanda un peu de bois. Le petit homme eut beau protester et gémir, rien n'y fit. Et son tambour fut encore raccourci.
Le petit homme rentra chez lui tout déconfit, la corde sur l'épaule. À voir son tambour à présent si petit il se demanda si le travail en valait encore la peine.
Puis il se souvint de l'arbre qui se dressait au milieu de la savane. Il se rappela la promesse qu'il lui avait faite, et son courage lui revint.
Bientôt la peau de chèvre fut posée sur le djembé, cerclée et tendue à se rompre par un réseau de nœuds solides et compliqués.

CHAPITRE 7

Le petit homme regarda son djembé, enfin prêt ! C'était, il est vrai, un djembé tout petit, bien loin de ressembler au grand tam-tam qu'il voulait tailler et sur lequel tous ceux de la tribu ensemble auraient pu jouer. Le petit homme, pourtant, ne fut pas déçu, car c'était un joli djembé : tout sculpté, tout poli, juste assez large pour ses petites mains, et juste assez grand pour tenir entre ses genoux. Alors, le petit homme voulut l'essayer. De la paume et des doigts, il se mit à frapper. Et la voix qui monta de ce tambour, si petit qu'il semblait un tambour d'enfant, était ample et vaste et profonde comme une forêt.

Le petit homme en fut tout saisi, mais ses mains continuèrent à jouer… Et la voix imposante du petit djembé s'étendit sur tout le village, puis sur la savane entière.
Un à un, tous ceux de la tribu s'approchèrent du petit homme. Ils étaient tous venus : du plus ancien des Anciens à la petite gardienne de chèvres, du plus fort des hommes forts au voisin crocodile. Ils avaient laissé leurs feux, leurs palabres et leurs siestes, pour former un cercle autour du petit tambour. Et ils se taisaient.
Du petit djembé montaient des mots et des phrases qui disaient toute la savane : la peur du zèbre qui fuit la sagaie du chasseur avide, la souffrance de l'herbe qui se tord dans la flamme allumée par l'homme, la douceur du vent qui murmure dans les branches de l'arbre… Et les

hommes écoutaient. Eux qui ne songeaient qu'à la chasse, à la guerre et à leurs feux, ils se taisaient. Ainsi, jusqu'aux limites de la montagne et du désert, chaque oiseau, chaque lion et chaque girafe reconnut la voix du vieil arbre. Et, grâce aux mains du petit homme, à nouveau, tous partagèrent son savoir, et pour longtemps encore. Car, au son du djembé, la souche de l'arbre ancien bourgeonna. De la jeune pousse jaillit un nouvel arbre.

Et, sous son écorce d'arbre, coulait la sève de la sagesse de l'Afrique. À ses pieds, parmi les hautes herbes, la lionne guettait l'antilope ou le zèbre écartés du troupeau. Les oiseaux le connaissaient bien, qui souvent se perchaient sur ses plus hautes branches. Et les girafes, qui broutaient les feuilles de ses branches moyennes. Et les lions, qui s'étendaient pour leur sieste sur une de ses branches basses. Les hommes eux-mêmes…

300, rue Léon-Joulin, 31101 Toulouse Cedex 9 – France
www.editionsmilan.com
Loi 49.956 du 16.07.1949 sur les publications destinées à la jeunesse
Dépôt légal : 3e trimestre 2008
ISBN : 978-2-7459-2513-8
Imprimé en France par Pollina, 85400 Luçon - n° L47942B